**cecilia furquim**

nasceu em 1967 em São Paulo, onde vive com sua filha. A poesia tardou mas acabou ocupando sua vida. O gosto pela música e pela poesia nonsense de Edward Lear desembocou na tradução e criação de poemas narrativos para crianças, compondo melodias com seu irmão Beto Furquim e dialogando com as ilustrações feitas pela artista Edith Derdyk. Esse livro/CD, chamado A Coruja, o Gato e os Filhotes (Melhoramentos, 2014), recebeu o certificado de Altamente Recomendável FNLIJ em 2015. Ensina línguas para crianças e refugiados, pesquisa mulheres escritoras na academia e sofre a urgência de resistir como mulher a uma cultura de predominância masculina, que esconde e dificulta conquistas. Nesse primeiro livro com poemas autorais para adultos, há também uma canção.

# MULHERES SALGADAS

cecilia furquim

**sumiês**
lúcia hiratsuka

**editora Urutau**
primeira edição
2019

O —

**editora Urutau**

rua adolpho arruda, 41
jardim das laranjeiras 12910 455
bragança paulista-sp
brasil

[+55] 11 948 592 426

contato@editoraurutau.com.br
www.editoraurutau.com.br

[EDITORES]
tiago fabris rendelli & wladimir vaz
[REVISÃO]
marina laurentiis
[DIAGRAMAÇÃO]
victor prado
[CAPA]
wladimir vaz



Dados Internacionais de Catalogação
na Publicação (CIP) — Vagner Rodolfo da Silva CRB-8/9410

F989m furquim, cecilia
mulheres salgadas / cecilia furquim ; ilustrado por lúcia
hiratsuka. — bragança paulista, sp: urutau, 2019.
128 p.; il.; 14cm x 19,5cm

ISBN • 978-85-7105-155-3

1. Literatura brasileira. 2. Poesia. I. Título

CDD 869.1
CDU 821.134.3(81)-1

## sumário

*para minhas mulheres*

## agradecimentos

agradeço a todos que alimentaram minha poesia.

agradeço a Carla Guerra, Deborah Rebello, Mariana Vilela e Ruy Proença que me apoiaram e me motivaram a lançar este livro;

a Lúcia Hiratsuka pela parceria;

a Tiago Fabris Rendelli por acreditar;

a Diogo Cardoso, pelo olhar

e em especial a Diana Junkes por tudo isso junto.

*Cecilia Furquim*

MULHERES SALGADAS

*Língua do meu Amor velosa e doce*
*que me convences de que sou frase,*
*que me contornas, que me vestes quase,*
*como se o corpo meu de ti vindo me fosse.*
*Língua que me cativas, que me enleias*
*os surtos de ave estranha,*
*em linhas longas de invisíveis teias,*
*de que és há tanto, habilidosa aranha…*

*Língua lâmina, língua labareda,*
*língua-linfa, coleando, em deslizes de seda…*
*força inféria ou divina*
*faz com que o bem e o mal resumas,*
*língua-cáustico, língua-cocaína,*
*língua de mel, língua de plumas?...*

*Amo-te as sugestões gloriosas e funestas,*
*amo-te como todas as mulheres*
*te amam, ó língua-lama, ó língua resplendor,*
*pela carne de som que à ideia emprestas*
*e pelas frases que proferes*
*nos silêncios de Amor!*

*Gilka Machado — Lépida e Leve — Meu Glorioso Pecado*

## mulheres salgadas

muitas mulheres habitam em mim
muitas que sou que dessou

mulheres que amam
como minha mãe
mulheres que sonham que amam
como minha moça
mulheres que não foram
amadas
mulheres que foram
abusadas
mulheres
colecionadas
mulheres
mortas
mulheres que não são
mulheres
mulheres que amam
mulheres

que
ressentem
mentem
dementem

desamam
ou desarmam

eu as acolho
nesse multímodo
molho

## aviso

aviso é sempre bom
ou não?
aviso que escrevo
sobre o que não

escrevo quando não posso
porque não posso
escrevo apesar

sabendo que o poema
pode não pode colher
o que a roda não acolhe

mesmo inútil
ou invisível
o poema ameaça
e dá medo

se faz
íntimo, ínfimo
mas quer pulmão

sabe-se que não salva
expõe

pedestais
nós é que os carregamos
e meus mínimos músculos
não os suportam

mesmo assim
escrevo
e quando eu encontrar
um esconderijo qualquer
desamarro o poema
e deixo andar por aí

pode sofrer
roubo, maltrato ou morte
também pode causar

se você estiver lendo esse poema
é porque já fiz isso
por favor
não me procure
no meu esconderijo

fiz o que me faz

## formigas

não sei como começou
não sei ao certo
as formiguinhas pequenas
que rondavam a cozinha
o açúcar, o mel
escondiam-se nos vãos da construção
e fugiam diante da aproximação humana
não mais as vejo
as que tomam o meu lar agora
são maiores, vermelhonas
e não buscam só comida
tomam todos os cômodos da casa
inclusive minha cama
andam em cima de minhas mãos
pés, pernas e braços
sem a menor cerimônia
e como não picam
desisti de afastá-las do caminho
deixo-as subindo e descendo do corpo
fazendo suas rotas
numa convivência insólita
me vejo inclusive tomando todo o cuidado
o cuidado que elas não tomam
para não esmagar, bater, assustar

como se fossem elas a me ceder
a tolerância do seu
contato
me pergunto se um dia
elas podem invadir
meus espaços internos
boca, nariz, boceta
ou se quando me distraio
é de lá que saem

## olhos santos

nossos dois rebentos
os olhos verdes dela
como a mãe
os olhos negros dele
como o pai
nossa casa
nossa cama
nossos hematomas

naquele dia eu vesti uma blusa com botões
naquele dia eu me confessei ao padre
ao padre que é puro amor
e pedi licença para abrir a blusa
diante de seus olhos santos
num instante a dúvida
tentação de vida
ou marca de ódio?

o padre não cerrou
os seus olhos santos
diante das manchas do corpo

abriu olhos de compaixão
e fechou punhos de defesa

bate em mim
que sou do teu tamanho

mas quem foi julgado
e levado à cruz
não foste tu

foram esses olhos-sóis
que não temiam o fogo
foram os olhos
da minha ressurreição

## executada

*para Marielle*

dos meus ímpetos
um é pedir
parem os poemas

seu choro
passa longe
do consolo

seu grito
nem de perto
vinga

hoje
o poema até ofende
parem, por favor

me engano

num dia como o de hoje
os demais signos
todos os gêneros
litros de todo o tipo de lágrima
logram

e mesmo o silêncio
é igualmente leviano

sitiados num hiato
posto
o que fazer?
não fazer?
saudemos pois
os poemas
e todas as marcas
de espanto

## em ré

hoje
não levanto
não tomo café
não trabalho
nem brinco com meu cão
nada que me traga
cheiro, voz, mãos

pois que há o perigo
de me afastar
dos filmes que ontem
aqui
se fizeram
e se espalharam
embaralharam
nas grutas do meu cérebro

novas lembranças
seriam perigosas
e o risco é possível
é possível que cubram
enfraqueçam
o vermelho vulcão
as fendas, as árias

em duo, bachianas
brasileiras, que ontem
me tomaram por dentro
envoltas
num corredor de plantas
e sobre
uma rede em movimento

é possível, provável
que novas lembranças
tornem
essa quentura, esse langor
esse abismo de lambidas
de signos e salivas
de entrega, entranhas
acessos acesos
e gosto e tato
que ontem vivi
em algo
morno e pálido
uma evocação

é preciso
suspender o agora
e obedecer ao cérebro
deixá-lo tocar o filme
sedenta
o filme úmido
de ontem

a rede, a língua, as plantas
a língua planta

a língua rede
as línguas, tantas
de novo, e de novo, e juntas
e seguir rebobinando
realimentando, retrocedendo
aos momentos, instantes
às horas, segundos
de ontem

quem sabe
numa embriaguez
de movimento em ré
eu volte de vez
e, num deslize
me paralise
ali
em mi
em si
em ti
na língua
circulando

## sobre o sal

*o amor é finalmente*
*um embaraço de pernas,*
*uma união de barrigas,*
*um breve tremor de artérias,*
*uma confusão de bocas,*
*uma batalha de veias,*
*um reboliço de ancas,*
*quem diz outra coisa é besta*

Gregório de Matos

o pai pajé decretou
que o nome amor
não seja admitido
pois que é ilusório
destrutivo
uma transferência
uma confusão
quem diz outra coisa é besta

este que chamamos amor
não deve ser nomeado
te esconjuro!

pois bem, obedeço!
não o chamo assim
nada do tipo
o que sinto
é *amolescência*

quando te vejo
antes do desejo
antes que eu umedeça
uma parte do corpo
se amolece ou endurece
não sei bem dizer
não sei se é porque o sangue
ali se bombeia demais
ou de menos
só sei que esse movimento
me torna toda boba, ou besta,
não sei bem dizer
sei que quando te vejo
quero correr e abraçar
igual uma cachorrinha

sei que as lentes do meu mundo
se tornaram diferentes
desde aquele beijo
antes eram firmes
depois ficaram trêmulas
não sabendo se quem treme
sou eu
ou o mundo
e num trêmulo vagar

venho flutuando
a todo momento te vendo
sem ver
a todo momento te querendo
dentro

dentro, em torno
me comendo, me apalpando
sem pedir licença
sem autorização
metendo em mim a mão

que nome devo dar
a essa invasão?
chamarei isso de
sal
que dá gosto ao insosso

sei que meu corpo
te salga um pouco
sei também que te incomoda
o meu olhar afeto
pense que é apenas olhar sal
olhar semente, olhar terra
nada demais
nem de menos

mas obedeço
caso isso te afaste
se preciso for
me endureço

me emudeço e umedeço
pra te manter
dentro

pra te ter sal
entorto minha moral
endireito minhas lentes
me faço de indiferente
qualquer coisa faço
pra deixar correr o seu
o nosso tempo de sal

## corpo perdido

peço perdão
por tornar trágico
o rumo de um encontro
banal

aquele encontro
virou assombro
e incômodo
sumiu sem adeus
sem perdão
nem bênção

como um homem
que morre
e não deixa o corpo
as mães, esposas
amantes ou amigas
que um dia o acolheram
bem dentro, bem fundo
erram pelo mundo
a indagá-lo

o sopro de um corpo
mistério
não cala

## cunhã

*hoje executarei meus versos*
*na flauta de minhas próprias vértebras*

Maiakóvski / Boris Schnaiderman e
Haroldo De Campos

tens pau solto
grande, sem rédeas
sem fio que o prenda
ao coração ou cérebro
estás sempre a brincar com as cunhãs
e a tua muiraquitã
é feita com um colar de bocetas

quando esse pau dorme
o cérebro, tenso
acorda e se faz ordem

brincaste comigo
vulnerável
distraída por um vago e falso rumor de amor
assim me abri, braços e pernas

a minha boceta traz um fio
que a prende ao coração

e sempre juntos bailam ansiosos
pulsando bêbados, tortos

nesse teu colar
ela pesada
se desencaixa

o teu pau me pegava
o teu cérebro me afastava
afinal, tinha eu já a sina do corte

quando te enviei
um poema febril
fui expulsa de vez das tais brincadeiras

voltaste a brindar-me
com um aceno
ainda que, por vezes
tornaste a brincar-me
te fazendo de sonso
eu, saudosa de ti
igualmente sonsa

II
ontem, me visitaste
e trouxeste contigo outra cunhã
que dubiamente dizias ser tua amiga
e demos a ela vinho e comida
de nossa mesa
diante de mim, já à vontade
percebi que dela o braço direito

pendia por cima da mesa
enquanto o esquerdo
ocultava-se por debaixo
ao passo que tu, logo ao lado
com o braço esquerdo sobre a mesa
mantinha o direito por debaixo
inevitável imaginar o que faziam
essas mãos ocultas

eu
por diversas vezes
saí ao banheiro
e fiz xixi pelos olhos

a cunhã, quanto mais se revelava bela
mais medonha ficava
quanto mais prendada, mais sórdida
quanto mais doce, mais cruel
pois que mais rápido se apossava de ti
teus olhos, tua boca, tudo em ti
exalava desejo, e eu
confirmava atônita a terrível noite que teriam
atados, colados, gritando
enquanto eu
baixinho choraria
baixinho, a fim de não causar espanto
para que assim pudesses ter o leito
livre para o enlace alheio

tuas mãos a tomariam como me tomaste
pedirias a ela que falasse em teu ouvido

porcarias, delícias, como a mim me pediste
e gozariam um gozo úmido e seco
todo cheio de ênfase
pois bem sabemos
que são tristes as coisas sem ênfase

tais visões me abriam
rasgavam, transtornavam
cada gesto um talho
cada olhar me nascia medeia
sem vestes para queimá-la
a não ser o fogo de meu estômago
e as crianças, inocentes
seriam, claro, poupadas
elas que, como dito, preferem magos a mágoas
ao passo que eu toda já era mágoa
tudo em mim se ressentia
se odiava
e passei a tocar a flauta
de minhas próprias vértebras

III

o abraço que me deste naquela mesma tarde
antes da visita
tudo uma brincadeira
o homem escondido no menino
por isso afirmaste não teres percebido o mal
tu te afastas te desculpando
eu me afasto me desculpando

agora, me lendo
me dou conta de quão banal
foi tudo, é tudo
mas afinal
são mesmo muito tristes as coisas consideradas sem ênfase

## blue

horas de trabalho
vivo remanso
porto

horas de descanso
morta tempestade
talho

muito por fazer
nada a querer
a não ser
uma dose de conhaque

não me tocam
as causas
as asas
as notas
o sexo

todas as águas
seguem inertes
todas as águas
paradas
a despeito

do contínuo
vazamento

até que o alarme
de volta me leve
ao trabalho

## fera

as migalhas que deste
o banquete que dei
cada pingo
cada tora
que colocamos na boca
dessa fera que nasceu
foi feito, está feito

nenhum não
nenhum mas
ou nem
ou se
vai fazê-la desexistir

a fera voa
devora
destrói tanta, tanto
e faz desexistir
em meses
o que levou décadas
e parecia sólido
e sol

deixa nada
deixa nunca
deixa vago

não reconhece
não desvanece
ignora

e tu? ignoras
o teu quinhão?
não sabes
que migalhas
ou pingos
podem ser vulcânicos?

em vão:
eu, tu
atados nesse fardo
igualmente responsáveis
irresponsáveis

ainda que o preço
recaia
desigualmente sobre mim
e sobre o que um dia foi meu

o sal desigual
pago pela mulher

## um

quando é preciso
cavar um espaço
um ninho, linho
e, com lágrimas
aguar
regar

afagar
almofadas
desafogar
safo
reclamar
à cama
possuir
a si

com livros
que olham
convidam
e multiplicam vozes
num ambiente de um

## prosa

ler clarice
em crise
é susto

a mulher você
potência
e gosma

ler machado
tomando chá
é indigesto

o gesto pose
posse rude
de resto

ler ramos
com dramas
é terra

ler rosa
com arrepio
é rio

## amadoras

quando o ciúme faz trincar
e o corpo sem morada
desmorona

## yin

*ser mulher é sangrar além das regras*

Líria Porto

a vinda do sangue em minha filha
coincide
com o fim do sangue em mim

a vinda da água em minha filha
coincide
com o fim da água em mim

a vinda do fogo em minha filha
não coincide
com o fim do fogo em mim

desejos dispensam hormônios

## furto

ocupou
a nossa casa

tomou
o nosso vinho

comeu
nossa comida

comeu
o meu amor

podia levar
o vinho
tonéis e tonéis dele

podia levar
a casa
com tudo dentro

mas apreciaria
se tivesse tido

a delicadeza
de deixar comigo

o m
eu
amo
r

## nosso chico

cantei pra ti
tua canti
ga
mas não ti
veste
saudade
ou capri
cho

can
taste pra mim
leve
mas levei-te
a sé
rio

## presente

se a cara metade é exclusiva, toda posse
e gulosa
agrupa ânsias num único corpo

a amizade é soma, ânsias em alternância
e generosa
distribui encantos em muitos corpos

um é risada, o outro intelecto
tem o quieto e o que é conselho
esse é espelho, aquele é mundo
tem o raimundo e o ativista
também o artista e seus nortes
se um é esporte, outro é canto
tem com espanto e com certezas
um natureza e outro desbunde

se a cara metade é pressa e dependência
a amizade são peças soltas

enquanto a metade enfraquece ou enlouquece
se ausente

a amizade adormece tranquila
até que, de novo, se faça
presente

## zero

hoje te vi junto dele
em rotina
sorrindo

tu és punhal
inocente

cravado por mão
alheia

fio novo

teu corte
é tratado com zelo

porém
de quando em quando
a sorte
trata de trazê-lo
de volta

e eu volto ao zer
o

## russa

te quis
te vivi
te morri

púbere
russa
avessa

me fez maia
me fez cópia
me fez viva
me fez caça

me fez
maiakóvska

## jazz

aqui jaz
um corpo de mulher

não foi longo
o velório
tampouco
o enterro

mínimas testemunhas

## papa-brasa

o meu ser poeta
é ingrato
como um homem

só se achega
quando faminto

come
do meu motim
e do meu abalo

e some
quando sereno
e celebro na fôrma

o meu ser poeta
é um belo dum
abutre

## vermelho

são gotas que vêm

uma duas cem

a minha menina
minha cria
criança
guria
vai

vai
o colo
o embalo
e o balanço

vem
a moça
a maçã
a posse
e o poço

são gotas
uma duas cem

são
águas carmim
que formam
lagos
e
lágrimas

e que
suam
sugam
e salgam

os nossos cios

## cruzeiro

a ela
conheço desde pequena
me foi apresentada
a um só tempo
com dedos amorosos
de mãe
e dados rigorosos
de geógrafa
de modo que mesmo sendo
analfabeta de céu
a ela identifico num átimo

nossa cruz
de cinco pontas

décadas depois
outra cruzeiro
me é apresentada
terrena
líquida
e corrente

sempre que possível
me banho

nessa bela cachoeira
e entrego-me de corpo inteiro
ao poço
do abraço gelado

é para mim
constelação luminosa de águas
e dor que assombra

foi diante
de suas cascatas
que antevi
palavras sinuosas
amolescentes do amor
e o nosso
derradeiro encontro
cheio de palavras retas
de desamor
soluçou no murmurar
da linda cruzeiro
dos prantos perenes

impossível cruzá-la
ilesa e leve

às vezes questiono

se
da mesma forma
que no céu
a imagem estática

da cruzeiro alta
e suas cinco pontas
é aparente

também cá na terra
o movimento incessante
da cruzeiro baixa
talvez seja mera
ilusão

quem sabe
essas águas
nem sejam fluidas
quem sabe esse amor
que nelas cruza
seja de fato
um ponto de paralisia
um filme travado
numa foto

minha cruz

## morro

teu amor
foi um morro
que se percorre
pelo avesso

subindo distraída
cheguei súbito
ao cume

e curto foi o tempo
a contemplar
tua amplitude

porém a descida forçada
tem sido longa e árdua
firmes são os esforços
e muitas são as paradas
para recuperar
o ar

## oferendas

a medida da estima
pode ser lida
pelo número de oferendas
que ao afeto oferecemos?

se for
é evidente
que nunca fui amada

pois aquele
por quem nutri
intenso sentimento
e a quem dediquei
dezenas de poemas
embora fosse
deveras talentoso
jamais me convidou
a habitar
qualquer recanto
de sua inspiração

nenhuma música
nenhum verso

nenhum arranjo
ou nota

quão desigual
é a partilha
do desvelo

## ê

ê
te lembro bebê
te lembro azul
te lembro menina

encantada
pelas lagartixas
desmanchando castelos
acenando tchau pra areia

te lembro feliz
e leve com a amiga luísa
e assustada diante
da cisma da vovó

seu corpinho
ficando grande antes
e seu lindo sorriso
reagindo pra dentro

ê
te lembro em cena
te lembro linhas
de mangá
olhos grandes enormes

só olhos
assustados diante
da rudeza gelo
dos colegas

e te lembro
com o amor
saindo da cela
criando pontes de pena
a voar mais bem mais que o corpo

hoje te vejo
trazendo o corpo junto
no voo
virando linha de pipa
arte oricidental
linha que liga
dois pontos opostos do planeta
pelo esquerdo

minha sobrinho
meu sobrinha
um momem

bê transmutada em len
leve livre
lindo jovem

len
amo seus olhos mangá
a comer o mundo
pelo esquerdo

## em pele

cara frida

reprimendas
feministas
ao seu poder
de mulher
andam por aí
balançando
nas redes

dizem que
seus arrojos
teriam todos sido feitos
sob o comando
do homem amado
e seriam portanto
defeitos

que
seus êxitos
se restringem
a sua obra
mais nada

cara frida

você uma vez disse
ao seu amor que
em vida
havia sofrido
dois acidentes
o bonde
e diego
sendo diego
o pior deles

quão árido
e intenso
ser o seu homem
o mais terrível
acidente
o que planta
e incendeia
e ao mesmo tempo
consome
e controla

amor cruel
e necessário

quão duro
para a mulher
ter suas sombras
ser uma sombra
e pulsar

por entre as sombras
lumiando

quão raro
para a mulher
de sua era
compor retratos
e adentrar em museus
como retratista
além de retratada
se até hoje
o poder de uma mulher
que irradia a sua obra
além do lar
sobra

cara frida

você riria
ou choraria
diante
de enredados juízos?

não importa

sou por certo
feminista
busco a costura
em meio às lâminas
emendas, trama
por entre os cortes

mas a mim
pouco me toca
o modelo frio
de fêmea
o modelo reto
de roboas em ferro

a mim
me tocam
mulheres em pele

## experimentos

impondo léguas
dirijo-me a você
como tu

como se não fosse eu
a escritora

me cavo
assim
me sirvo

evito a cara
daquela ladra
encaro

me ponho ursa
me ponho
pomba

atiço bem a raiva
te olho sério
enterneço

te vejo vesga
e então de ti
me cego

porém prossigo
tirésias
por léguas

## coceira

há anos
fui oráculo de mim

criei uma crônica
em que a mulher
contraía coceira
que não passava

quanto mais coçava
mais
coçava

tentou de tudo
mas nela o mal
se amalgamou

hoje
dez anos depois
se cumpre a sina
revelada

lesões carmim
grandes miúdas
passeiam pela minha pele real

sem motivo ou momento
aparente

coçam e incham
incham e coçam
a despeito do trato
com pílulas loções

tornou-se crônica
a predição da crônica

o que estou a ocultar
de mim de nós
que a olhos nus
se delata na derme?

eu mesma
fabriquei minha falta
ou a herdei?

que vísceras
devo oferecer
para aplacar o vaticínio?

## corpo

meu corpo
não é tubo
de ensaios

não é carne
de caridade

nem assento
de desespero

meu corpo difere
das minhas palavras

não expõe não explora
guarda

meu corpo mantém
um íntimo acordo

não é dele
nem é meu
é não-teu

## bocas

em minha cama
estreita
me ponho entre

dois travesseiros
densos
num deles apoio

minha dose de
cabeça
o outro não serve

pra nada e esse
oco
não sei se é meu

ou teu se o silêncio
disputa
com todas as bocas

## peso

eu peso
sessenta e poucos

quanto pesas em mim?
menos dois e seiscentos
menos um e cem

às vezes
pesas perto de nada
e sigo inteira quase eu
às vezes só um teco de mim
resta

ontem
estou certa de que
em determinado momento do show
quando os rostos ao redor se iluminavam
quando a alegria comum se espalhava
e as notas dos músicos comoviam
teu peso em mim
comprimiu tanto
que cheguei a pesar apenas
alguns gramas

talvez tenham me procurado
acho que sumi
por instantes

## tatuagem

sigo sendo tua
somente tua
demente tua

no asilo onde me exilo
o diagnóstico não mente
ele diz
tua

o satélite da minha terra
é a nova, crescente, cheia
ou minguante
tua

quando careço de roupas
estou
tua

nas rezas de minhas bíblias
os versos dizem
tua

e em meus documentos
no campo nome consta
tua

minhas digitais
desenham
tua

as tatuagens da minha pele
soletram
tua

o perfume que exalo
cheira a
tua

o som de minhas cordas
ecoa
tua

e o tipo do meu sangue
foi batizado
tua

salgada tua
tua de viés
faminta tua

## naus

nessa nau de loucos
sem porto
muitos são os poucos

em nau de insensatos
sem marco
se afogam os fatos

em nau de dementes
sem âncora
oscilam sementes

em nau de lunáticos
sem luz
fundos são os átimos

## mão da mamãe

nas veias
que pulsam teias
corre o seu sangue
mangue meu

nele
caranguejos se esgueiram
em mormaço moroso

um bolero cadente
rói a pele
apela

e

flúmens azuis
movem-se
pelas veias

mendigando vida
espraiando
pequenos lumes

pelos flancos

o desvio me trilha o

sem me transborda

a loucura me sana

este a mudez me

canta

o

fim me nasce

o

desejo me casta o vínculo me voa a nudez me v

a borda me centra o pranto me ri

## pulso

eu vi numa fala
que nesses tempos
poetas devem escrever menos
sobre eus

então não sei ao certo
o que escrever
sei que
não sei onde começa eu
continua outro
ou termina nós

o outro que amo
o outro que temo
e eu
dormem e acordam na mesma cama
parados no paradoxo

alguns que amo
têm sua dose de abuso
e de imensa dádiva
têm também um quê de irreparável

outros que temo
têm crianças
e cadelinhas inocentes
estão presos a sua classe
e mais de trinta ternos

alguns
transitam entre rajadas de alegria
e tubos de melancolia
e sonhos
e uma rajada de alegria e de melancolia
me invade
só de pensar na palavra sonhos
com mais letra que sonos

inevitável habitar
nas bocetas nos paus
nas drogas ilegais legais
nas montanhas nos bueiros
nos malls e ambulantes
no que escrevo e silencio
no aborto na semente
nos disfarces

se me escapo
não me escapam

## hope

não consigo conviver com a esperança
a hope me rompe
me coloca num transe num gás num vapor
de uma delicadeza tão densa
que desabo
desabro

é como essa música que não me cabe
de tão linda
se fosse menos linda eu dançaria
eu cantaria
eu seria sorrisos abraços suspiros
mas não
ela teima em não caber
no cérebro coração veias poros
transborda
deixa o corpo pra trás
atrasado

la paloma
as cordas do yamandu
o clarinete do paulo
essa felicidade pressentida
essa alegria longa

tão íntima que te fala oi
tão cristalina
que não é mais possível nada que não a seja

tão
que desabro

## astros

a esta hora
em uma semana
querida
a sua noite será estranha
as vozes as paredes
serão estranhas
você terá três companheiras
com olhos
que podem ser compridos baços
âmbar ou barcos
será estranho dormir com tantos olhos

pequenos astros
convivendo num universo mínimo
com rotas e órbitas
obscuras

e você vai chegar
com os seus dois olhos ternos
a iluminar esse universo
sempre com seu giro
interno:

você viu a mamãe?
eu te amo muito
e o papai, já saiu?
minha querida irmãzinha
que bom, que bom
filha, cadê a sua menina?
preciso achar a criança
ela não pode ficar sozinha
promete cuidar dos meninos?
vou precisar de ajuda
muito obrigada, obrigada
quando vamos pra nossa
casa?

## sina

te ensinei a língua
de shakespeare
e você com seus
robôs
fez inúmeros utensílios
torneiras chaves
e propícias próteses

não lê shakespeare
mas faz
robôs
que fazem utensílios
e sustêm
pão casa escola terapia
múltiplas pílulas

agora nossa terra
alterada
pede aos robôs
armas e munição

ensino a língua
de shakespeare

e escrevo na língua
de machado

para cada poema
cem armas
e mais de mil
balas

## amigos

as crianças
brincam de dança
das cadeiras

ele
nascido
com os pés pra dentro
e andar lento
espia

de repente pega
um violãozinho de brinquedo
capenga

com três cordas
soltas
e uma só corda
tensa

diz que toca
para a dança
e arranha na corda
seus acordes

a roda de crianças
não o alcança
e ao término da dança
saem pulando
para outra diversão

ele
quietinho sentado
não se abala

continua
a tocar o violão
capenga
com uma só corda
tensa

são amigos

## palavras

vozes versos
ouço atenta
a estátua de costas
os batimentos do bebê
penélope e o manto
paca tatu cotia

o braço
esquerdo
toca o braço
direito

ouço a pele
sob o pano
ouço o batimento

depois
não me lembro

alguém abaixou
o som
das palavras

## desenterro

houve ontem
o desenterro

e da terra veio
o corpo fêmea
inteiro

e mesmo meio velho
e sem gelo
foi como la doncella

o corpo dela
que veio
não se decompôs

veio à tona
inteiro
em seu desterro
da terra

e reviveu

mais vivo
que um rebento

## agora

o povo na ágora
em assembleia
definiu que de agora
em diante
viveremos agoras

e eu sigo a nova
e sábia lei
definida pelo povo
na ágora

largo o passado
desdenho o futuro
esqueço o céu
salto a cova

e na hora
exata
em que o poema é dito
te habito

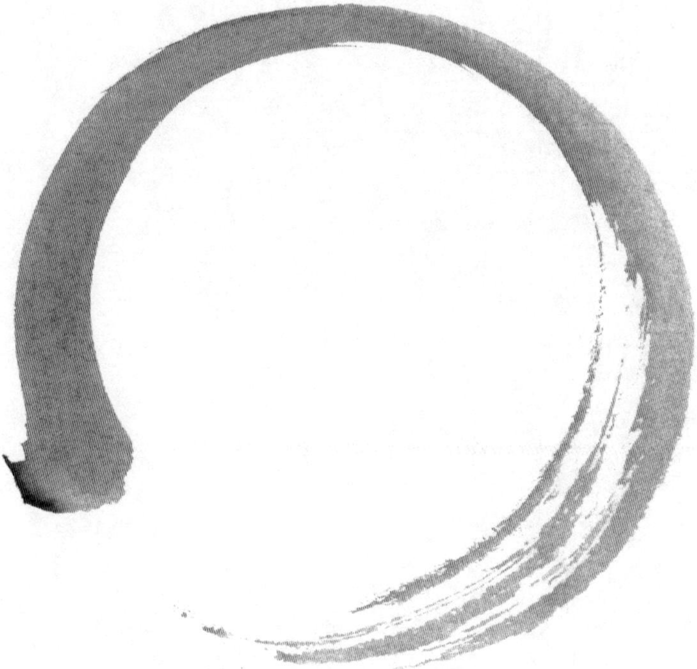

## arco

raro vladimir
cá estamos a conversar
novamente
isso não me cansa

de tempos em tempos
retomamos
a velha conversa
criança

o barco do amor
sim
quebrou-se
contra o cotidiano

mas o arco do corpo
em curvas
flutua no mar
nu ou coberto de pano

há novidade
em estar viva

e vale
passar em revista
a mútua cota
de dor e dano

## murmúrio de mulheres

tânia é hoje trans
a sida é suicida
e a pâmela apanha

a ida é traída
a ana nasceu anã
e babi é bandida

a leodina é diva
leila sem eira nem beira
e a cata cativa

sol foi mãe solteira
viviana está bem viva
e a sheila cheira

júlia bem que ajuda
a geni é indigente
e estela só estuda

selma é uma serpente
manu continua muda
e dê perdeu dentes